Felsenherz
Metamorphosis

JUNE VON SIEHL

Felsenherz

Metamorphosis

Roman

Originalausgabe

Bibliografische Information der Deutschen Nationalbibliothek:
Die Deutsche Nationalbibliothek verzeichnet diese Publikation
in der Deutschen Nationalbibliografie; detaillierte bibliografische
Daten sind im Internet über http://dnb.d- nb.de abrufbar.

© 2021 June von Siehl
Satz, Umschlaggestaltung, Herstellung und Verlag:
BoD – Books on Demand, Norderstedt

ISBN: 978-3-7534-8368-9

Für dich

Prolog

Es war einmal in einem fernen fremden Land vor sehr langer Zeit.

Da waren Täler mit kleinen Dörfern, ein großer, reißender Fluss, der manchmal über die Ufer trat, dichte Wälder bedeckten weite Landstriche und ein großes, steiniges Gebirge umschloss alles.

Die Berge waren alt und wild, mit steilen Felsen und Geröllhalden, eine tiefe Klamm durchschnitt die Landschaft.

Ganz oben, auf dem höchsten aller Berge, versteckt vor den Blicken zufälliger Wanderer, lag eine Höhle. Dort hauste seit unzähligen Jahren ein Drache. Keiner konnte sich erinnern, wo er herkam oder wann er genau angekommen war.

Es war ein riesiges, furchterregendes graues Ungetüm mit scharfen Klauen und Reißzähnen, dicker als der Arm eines Mannes, welches feuerspuckend über die Äcker flog.

Viele Jahre sind seither ins Land gegangen.

Lange schon hatte ihn keiner mehr zu Gesicht bekommen, es waren nur noch Geschichten, die sich die Menschen abends am Feuer mit einem leisen Schauer erzählten. Väter erzählten sie ihren Söhnen, Mütter ihren Töchtern und die wiederum ihren Kindern und Kindeskindern. Allmählich gerieten aber auch die alten Mythen immer mehr in Vergessenheit, denn kein lebender Mensch hatte den Drachen jemals zu Gesicht bekommen. So entstand die Sage von einer riesigen, furchtbaren Bestie hoch oben in den schneebedeckten Bergen.

Der Drache war nun alt und einsam, seine Höhle hatte er vor Jahrzehnten zum letzten Mal verlassen.

Er schlief, traumlos und alleine.

Er hatte alles vergessen.

Er hatte vergessen, wie sich der Wind anfühlt, wie das Zwitschern der Vögel klingt, wie der Wald riecht.

Sogar seinen eigenen Namen hatte er vergessen.

Kapitel 1

Eines Tages erwachte der Drache.
Er öffnete erst ein Auge, dann das andere, blinzelte und holte tief Luft.
Er war verwirrt.
Es war so hell in der Höhle, doch woher kam das Licht? Hell und gleißend blendete es ihn, hatte er doch jahrelang im Dunkeln gelegen.
Mürrisch hob er den Kopf, fauchte und schnupperte. Aber es wurde nicht wieder dunkel.

Er streckte sich und kam mühsam auf die Pfoten, fast hätte er das Gleichgewicht verloren.
Er trottete zur Tür und sah, dass sie einen Spalt weit offen stand.
Dabei war er sich sicher, dass er sie fest verschlossen hatte, bevor er sich zum Schlafen zusammengerollt hatte.
Er brummelte ärgerlich vor sich hin und wollte das Tor schon wieder zumachen, als er am Boden etwas glitzern sah. Dinge, die glänzen, faszinieren Drachen über alle Maßen. Sie lieben Gold und Edelsteine und werden von allem, was funkelt, magisch angezogen.
Was war das nur, was dort so verführerisch

blinkte? Langsam und mit viel Mühe bückte er sich. »Ich bin wirklich aus der Übung gekommen«, grummelte er zu sich selber und hob einen kleinen Gegenstand auf, länglich und irgendwie nur ein Teil von etwas, wie abgebrochen. Er drehte das komische Ding hin und her und betrachtete es misstrauisch von allen Seiten.

Aber er konnte beim besten Willen nicht ergründen, was es wohl sein könne, außerdem strengte ihn das Nachdenken genauso wie die ungewohnte Bewegung zu sehr an. Achtlos warf er das Teil in die Ecke.

Unschlüssig betrachtete er die Tür, die noch immer ein Stück weit offen stand. Er wollte sie bereits wieder schließen, als ihn eine seltsame Sehnsucht erfasste. Vorsichtig streckte er den Kopf durch den Türspalt und spähte hinaus.

Es war ein strahlend schöner Herbsttag, das bunte Laub zauberte ein herrliches warmes Licht.

Warum sollte er nicht ein wenig durch den Wald laufen, dachte er bei sich. Das hatte er schon so lange nicht mehr gemacht. Wohin er gehen sollte, wusste er nicht, vielleicht einfach mal ein wenig durch die Natur streifen.

Er hatte keine Freunde und andere Drachen gab es hier nicht oder er hatte zumindest noch nie einen gesehen.

Als er so loszog, fühlte er sich einsam und dennoch ein klein wenig unternehmungslustig.

Ein Rascheln im Gebüsch ließ ihn aufhorchen. Zwei Paar braune Augen schauten ihn angstvoll an und eine Ricke mit ihrem Kitz rannten voller Panik davon.

Da fühlte er sich gleich noch einsamer und alleine. Für ihn gab es niemanden, er war verbittert geworden in den langen Jahren der Einsamkeit.

Gerade wollte er umkehren, da sah er eine kleine Waldlichtung mit einem plätschernden Bach. Nach seinem langen Schlaf spürte er, wie trocken seine Kehle war. Er schleckte das Wasser gierig auf, es war kühl und erfrischend und kitzelte ein wenig in den Nüstern. Der alte Drache schloss die Augen, schüttelte sich und die Wassertropfen, die von seinem Maul tropften, glänzten in der Sonne.

Als er die Augen wieder öffnete, wäre er fast vor Schreck rückwärts in den Fluss gefallen.

Direkt vor ihm stand ein kleines Mädchen mit langen blonden Haaren.

Sie trug ein smaragdgrünes Kleid mit silbernen Sternen und lächelte ihn an. »Hallo, Drache«, sagte sie, »pass auf, dass du nicht ins Wasser fällst. Schwimmen gehört nicht gerade zu deinen Stärken.«

Ihm fehlten die Worte, er öffnete das Maul und schloss es wieder. Er blinzelte, vielleicht, nein, ganz sicher war das ein Trugbild. So lange, wie er seine Höhle nicht mehr verlassen hatte, waren wohl seine Sinne nicht sofort wieder voll funktionstüchtig. Doch als er seine Augen wieder öffnete, stand die Kleine immer noch an der gleichen Stelle.

»Du brauchst keine Angst vor mir zu haben, ich tu dir nichts.«

Wie bitte?! Er hatte zwar alles vergessen, aber in dem Moment fiel ihm wieder ein, dass Drachen furchterregende Geschöpfe waren und er war besonders schrecklich.

Und jetzt stand da dieses winzige Wesen und sagte, er, der riesige fürchterliche Lindwurm, solle keine Angst haben. Lächerlich, einfach nur lächerlich. Er schnaubte. Drachen kennen keine Furcht, niemals. Fassungslos, wie er war, brachte er keinen Ton raus. Außerdem hatte er seit so vielen Jahren schon nicht mehr gesprochen, dass er auch vergessen hatte, wie man spricht.

Also stand er nur da, guckte ziemlich vertrottelt und rührte sich nicht vom Fleck.

Das kleine Mädchen streichelte über seine rechte Vorderpfote.

»Du solltest dich mal wieder waschen, du riechst etwas streng.« »Ähmmm«, krächzte er, seine Stimme klang rau und merkwürdig fremd. Er senkte den Kopf und schaute verlegen auf den

Waldboden. Als er wieder hochschaute, war die Kleine weg, wie vom Erdboden verschluckt.

Jetzt war er restlos verwirrt. Panik ergriff ihn. Er war schon viel zu lange in der unsicheren Außenwelt. Da half nichts mehr, er musste nach Hause, in seine Höhle, seine vertraute Umgebung. Er hätte gar nicht erst rausgehen sollen. Ein Spaziergang, was für eine blöde Idee.

Wieder in seiner Behausung angekommen, schloss er schnell die Tür und schob energisch den schweren Riegel vor. Nun fühlte er sich wieder etwas sicherer. Das hier war sein Zuhause, sein Schutzraum, hier kam keiner rein außer ihm.

»Das reicht mit den Ausflügen«, murmelte er zu sich selber.

»Ich kenne niemanden, habe keine Freunde und ohnehin überhaupt keinen Grund, rauszugehen.« Grummelnd legte er sich hin und rollte sich ein. Schlafen, das war ein guter Plan. Schlafen konnte er.

Aber als er seine Augen schloss, tauchten merkwürdige Bilder in seinem Kopf auf. Bäume und Sonnenstrahlen, eine weite Grünfläche, sanft geschwungene Sandwege, es war warm.

Eine seltsame Unruhe ergriff ihn, an ein Nickerchen war nicht mehr zu denken.

Er stand auf und trottete ziellos durch seine Höhle. Drachenbauten sind riesig und bestehen aus vielen Gängen und Nebenhöhlen. Dort bewahren die Bewohner ihre Schätze und Beutestücke auf. Manchmal verirren sich auch Menschen in leere, nicht mehr bewohnte Quartiere und so manch einer hat nie mehr herausgefunden.

Der alte Drache lief einen der unzähligen Gänge entlang. Seit geraumer Zeit schon hatte er seine Haupthöhle nicht mehr verlassen. Warum auch. Er hatte keine Energie gehabt, sich zu bewegen, keine Motivation, etwas an seinem Dasein zu ändern. Er war in sich selbst gefangen, fühlte nur noch eine bleierne tiefe dunkle Schwere. Seine Einsamkeit war wie eine unsichtbare Fessel und erstickte jedes positive Gefühl. Das Alleinsein hatte ihn den Bezug zum Leben und zur Welt völlig verlieren lassen.

Heute war das anders. Es war etwas passiert, er konnte sich nicht erklären, was es war. In seinem Kopf herrschte ein ziemliches Durcheinander. Das kleine Mädchen, das Licht, der kleine glitzernde Gegenstand, vom dem er noch nicht mal wusste, was er denn darstellen sollte.

»Alles ausgemachter Unfug«, grummelte der Drache, aber er ging weiter, getrieben von einer ihm sich nicht erklärenden Unruhe.

Mit einem Mal stand er in seiner Badehöhle. Drachenbadewannen sind große unterirdische Seen, manche werden noch von einer heißen Quelle gespeist und gelegentlich fällt durch Spalten im Fels ein wenig Licht hinein. Nicht, dass Drachen das bräuchten, sie sehen auch in der Dunkelheit hervorragend. »Du solltest dich mal wieder waschen, du riechst etwas streng«, gingen ihm die Worte des kleinen Mädchens durch den Kopf. »Frechheit«, fauchte er, schnupperte aber dann doch an seiner Vorderpfote. Nun denn, ein Wohlgeruch war das wahrlich nicht. Also was soll es, dachte er und stieg in den See. Kleine Wellen umspielten seinen alten schuppenbedeckten Körper, das Wasser war angenehm kühl. Ein Gefühl stieg in ihm auf, welches er schon lange nicht mehr gespürt hatte. Wohlbehagen. Er erinnerte sich, früher hatte er es geliebt, ein Bad zu nehmen. Er konnte stundenlang in seinem See liegen und das Wasser genießen.

Als er nach einer gefühlten Ewigkeit wieder herausstieg, fühlte er sich tatsächlich ein wenig lebendig. »Jetzt reicht es aber mit den Aktivitäten«, sagte er zu sich selber und schlug den Weg zu seiner Schlafhöhle ein. Plötzlich blieb er an einem Abgang stehen. Er wusste nicht warum, aber er musste da hineingehen.

Hier war er schon sehr lange nicht mehr gewesen und aufgeräumt war es hier auch nicht.

Was da alles rumlag.

Eine Kette mit Rubinen, die gehörte eigentlich in eine seiner zahlreichen Schatzhöhlen. Im Laufe der unzähligen Jahre seines einsamen Daseins hatte er eine beachtliche Sammlung von Gold, Edelsteinen und Schmuck angehäuft.

Tierknochen lagen in einer Ecke, kein besonders schöner Anblick. Essensreste sollte man besser gleich wegwerfen.

Etliche Goldmünzen, teilweise mit einer grünen Patina überzogen, das war auch wieder etwas für die Schatzkammern.

Eine schwere Axt, der Schaft mit ihm unbekannten Intarsien versehen, woher die wohl kam. Ein kurzer Anflug von Schmerz und Angst durchfuhr ihn. Die sollte er einfach entsorgen.

Ein graues Stoffstück, ziemlich schmutzig, gehörte hier definitiv nicht hin, schließlich hatte er Schuppen und brauchte keine Kleidung. Ihm fiel ein, dass Drachenfrauen sich manchmal Bänder um die Pfoten banden. Aber er war ja kein Mädchen.

Eine zerbrochene Truhe aus Eichenholz, ein klarer Fall für den Sperrmüll.

Er musste hier wirklich dringend aufräumen. Morgen oder übermorgen. Oder vielleicht auch erst nächste Woche.

Aber jetzt brauchte der Drache erst einmal ein Nickerchen. Wieder in seiner Schlafhöhle angekommen, rollte er sich auf seinem Lager ein und schlief tief und traumlos.

Kapitel 2

Als er am nächsten Morgen wach wurde, dachte er, er habe ein Déjà-vu. Es war unerträglich hell, gleißendes Licht fiel in die Höhle, die Tür stand erneut einen Spalt offen und am Boden lag schon wieder etwas Glitzerndes.

»Das kann doch wohl nicht wahr sein«, fauchte er und schlurfte zur Tür.

Er erinnerte sich ganz genau, dass er sogar den Riegel vorgeschoben hatte und doch war das Tor erneut offen. Er hob den kleinen Gegenstand auf, der dieses Mal auf seiner Schwelle lag, und betrachtete ihn. Was war das denn nur?! Ein lautes Brüllen entfuhr ihm, das Glitzerding fiel mit einem leisen Klirren zu Boden und er schaute schreckensstarr auf seine rechte Tatze. Seine Schuppen, seine dicken, harten Drachenschuppen waren verschwunden. Stattdessen waren dort struppige braune Haare, fast wie Fell. Er war ein Drache. Drachen verloren nicht ihre Schuppen, das konnte nicht sein. Das durfte nicht sein!

Erinnerungen von gestern schossen ihm durch den Kopf. Das war genau die Stelle, an der ihn das kleine Mädchen berührt hatte. Er fiel auf sein Hinterteil, das war zu viel. Was passierte hier mit ihm? Wahrscheinlich war er krank. Das war es. Das musste es sein! Er halluzinierte, er fühlte sich schließlich ganz anders als all die Jahre zuvor.

Und diese Bilder, sie gingen ihm nicht mehr aus dem Kopf. Es waren nicht nur die Bilder, es waren auch die Farben, bunte strahlende Farben. In seiner Erinnerung, wenn es denn eine gab, war alles nur schwarz und grau. Viele Grautöne, Hellgrau, Dunkelgrau, Felsengrau. Aber kein Sonnengelb, Himmelblau, Grasgrün.

Merkwürdigerweise fiel ihm bei dem Gedanken auch wieder das kleine Stoffstück ein, welches er in dem Gang gefunden hatte.

Es war klein und schmutzig. Wahrscheinlich hatte es an irgendeinem Schmuckstück gehangen und war so in seine Höhle gekommen. Wie auch immer, es war egal. »Du wirst jetzt wirklich verrückt«, sagte der Drache zu sich selbst.

Er hatte wahrlich größere Probleme als so einen alten Fetzen. Seine Schuppen. Nur seine harte Schale bot ihm noch Schutz vor seinen Gegnern. Eigentlich können Drachen Feuer spucken, das Drachenfeuer. Es entsteht im Drachenherzen, dem warmen, glühenden Mittelpunkt eines jeden Lindwurms. Wenn es erlischt, stirbt das Ungeheuer nicht, aber das mit dem Feuer, das wird nichts mehr. Und sein Drachenherz war eiskalt, schon seit sehr langer Zeit. Deswegen waren die

Schuppen sein letzter Schutz, ein harter, undurchdringlicher Schutzwall gegen seine Feinde. Auch wenn gerade gar keine in der Nähe waren und er sich auch überhaupt nicht an irgendwelche Widersacher erinnern konnte. Aber egal, er musste wachsam sein. Sein Panzer hatte eine Schwachstelle und er musste herausfinden, woran es lag.

»Ich sollte das kleine Mädchen suchen«, dachte er. Sie hatte den Schaden angerichtet, jetzt soll sie das auch wieder reparieren.

Und so machte sich der Drache erneut auf den Weg zu der Waldlichtung, wo er die Kleine gestern getroffen hatte. Was anderes fiel ihm nicht ein. Es war seine einzige Möglichkeit.

Während er so durch den Wald schlurfte, seinen Schwanz auf dem Boden hinter sich herschleifend, wurde er zunehmend unruhig. Alles war anders. Er konnte plötzlich riechen, den Geruch von nassem Laub und feuchter Erde, er mochte es. Und er hörte das Zwitschern der Vögel, wie schön sie doch sangen. Wohlbehagen, schon wieder.

Als er an der Lichtung ankam, war er enttäuscht und auch traurig. Sie war nicht da. Ratlos stand er am Fluss und sah sich um. Er entdeckte Dinge, die er schon lange nicht mehr wahrgenommen hatte. Ein Eichhörnchen lief einen Baumstamm hoch, Bienen schwirrten von Blüte zu Blüte, die Sonne warf reflektierende Strahlen auf das Wasser. Er atmete tief ein.

»Ich sehe, es geht dir schon etwas besser«, sagte eine zarte Stimme hinter ihm. »Und du müffelst auch nicht mehr.«

Er erschrak auch dieses Mal derart, dass er wiederum beinahe in den Fluss gefallen wäre.

Wie machte sie das? Wo kam sie so schnell und so lautlos her? Das kleine Mädchen stand direkt vor ihm, beide Hände in die Hüften gestemmt, und lachte ihn an. Wie lange war das her, dass ihm jemand ein Lächeln geschenkt hatte?

Und wieder schossen ihm Bilder durch den Kopf, ein Sandstrand, sanfte Wellen, ein Sonnenuntergang, Möwen flogen über das Wasser.

»Ich werde wirklich wahnsinnig«, dachte der Drache. »Nein, wirst du nicht. Ganz bestimmt nicht. Es hat alles einen Sinn, auch wenn du das noch nicht verstehst.« Die Kleine klang sehr überzeugt von dem, was sie sagte. Er sah sie an, zart, klein und doch so präsent, klar, bestimmend. Heute trug sie ein rosarotes Kleid, im Haar einen Kranz aus zarten goldenen Blüten. Anscheinend konnte sie auch noch seine Gedanken lesen, das wurde ja immer besser. »Natürlich weiß ich, was du denkst. Deine Gedanken müssen dringend geordnet werden. Deswegen bin ich hier. Und du musst deine Höhle aufräumen.« Sie strich ihm über seine linke

Vorderpfote, merkwürdigerweise fühlte es sich gut an. »Jetzt sag mir wenigstens deinen Namen«, bat der Drache. »Den sage ich dir, wenn du mir deinen nennst«, zwitscherte das Mädchen. »Aber ...«, stammelte er und wurde ganz verlegen. Wenn Drachen rot werden könnten, dann wäre das in diesem Moment passiert. Er senkte den Kopf und schämte sich. »Ich habe ihn vergessen.« Das kleine Mädchen lächelte noch immer. »Er wird dir wieder einfallen. Es braucht nur Mut und ein wenig Anstrengung.« Bevor der Drache etwas entgegnen oder gar widersprechen konnte, war sie weg, einfach so. Von einer Sekunde zur nächsten. Als wäre sie nie dagewesen.

Der alte Drache stand verlassen auf der Lichtung und hatte nur einen einzigen Gedanken. Weglaufen, nach Hause, in seine Höhle, in seine Schutzzone, die Tür schließen, die Welt draußen vergessen. Das war ihm alles zu viel.

Nachdem er in seiner Behausung angekommen war, schloss er die Tür, schob mit letzter Kraft den schweren Riegel vor und schleppte sich auf sein Lager.

Er fühlte sich verlassen und alleine.

Kapitel 3

Deine Gedanken müssen dringend geordnet werden.« Die Worte der Kleinen hallten durch seinen Kopf. Was war das nur für ein ausgemachter Blödsinn. Er wusste sehr wohl, wie die Welt da draußen war, kalt, gemein und immer gegen ihn. Wer mochte schon einen Drachen und erst recht einen alten Drachen, der jetzt noch nicht mal mehr einen intakten Schuppenpanzer vorweisen konnte. Er legte den Kopf auf seine Tatzen, wobei er sorgfältig darauf bedacht war, nicht mit diesem fellartigen Teil in Berührung zu kommen.

Schlafen, einfach nur schlafen, das ist die Lösung. Dann kann ich dieses ganze Chaos hier vergessen. Was war das für eine absurde Vorstellung, er müsste etwas in seinem Kopf ordnen. Das hat er nicht nötig, alles war so, wie es immer gewesen war. Schwarz und grau. Wenn da nur nicht diese Bilder wären, die sich mit einer unglaublichen Hartnäckigkeit immer wieder in sein Gedächtnis schoben. Wo kamen sie her? Ein Hügel, ein Bauwerk mit Säulen aus weißem Stein, eine kleiner Bach, eine Brücke im Wald. Es machte keinen Sinn. Er öffnete seine Augen und setzte sich hin. So konnte das nicht weitergehen.

Da fiel ihm wieder der kleine Gegenstand ein, den er heute Morgen auf seiner Türschwelle gefunden hatte. Wo hatte er ihn nur hingelegt? Ach ja, er war ihm vor Schreck heruntergefallen, als er die Bescherung mit seinen Schuppen entdeckte.

Suchend ging er zur Tür. Dort lag das Ding. Er hob es auf und betrachtete es misstrauisch von allen Seiten. Ziemlich klein, seine Krallen waren länger als dieses Teil und dennoch, irgendetwas daran faszinierte ihn.

»Wo habe ich denn nur den Gegenpart hingelegt?«, sinnierte er und zog die Luft durch seine Nüstern. Drachen können nämlich hervorragend riechen, was bei der Jagd nach Beute ausgesprochen nützlich sein kann. Das muss sich doch finden lassen, dachte er und schlurfte suchend durch seine Schlafhöhle. »Aua«, ein wütender Brüller entfuhr ihm. Er hat sich doch tatsächlich den Schädel an einer Ecke des Felsens angestoßen. Sternchensehend ließ er sich auf sein Hinterteil fallen. In dem Moment sah er es, das Objekt seiner Suche, das kleine goldene Fragment. »Na geht doch«, murmelte er und rieb sich mit der Tatze über seine schmerzende Schläfe. Er legte die beiden Teile vor sich auf den Höhlenboden, ein seltsames Glimmen ging davon aus. Es faszinierte ihn über alle Maßen. Er war wie hypnotisiert. Was um Himmels willen war das? Es schien, als gehörten die beiden Hälften irgendwie zusammen, aber wie? Egal, wie er sie drehte und wendete, es passte nicht. »Ich werde morgen weiter darüber nachdenken, das ist mir viel zu anstrengend. Ich muss jetzt wirklich ein Nickerchen machen«, murmelte er und rollte sich ein weiteres Mal auf seinem Lager zusammen.

Aber er konnte nicht einschlafen. Das war ihm seit sehr langer Zeit nicht passiert, er konnte eigentlich immer und in allen Lebenslagen schlafen.

Schlaf war seine einzige Methode, der harten und einsamen Realität zu entkommen. Er war eben ein Drache und die sind einsam, das ist ihr Schicksal. Er seufzte und schniefte ein wenig. Was war denn das? Das war doch nicht etwa eine Träne, die ihm über seine schuppige Wange lief? Ein unwohler Schauer überlief ihn. Lindwürmer weinen nicht. Nie. »Ich werde ganz sicher krank, bestimmt ist es eine beginnende Drachengrippe«, sagte er zu sich selber. Und von dieser weiß man ja, wie gefährlich sie ist. Es beginnt meist mit Schniefen, gefolgt von zunehmender Erschöpfung, Halluzinationen, quälendem Husten und endet im langsamen Ersticken durch zuschwellende Nüstern. Sein Schicksal war besiegelt. Er würde es tapfer annehmen und nicht klagen. Ganz eng zusammengerollt lag er auf seinem Lager und wartete auf den nahenden Tod. Er würde sterben, wie er gelebt hatte, einsam und alleine.

Manche Drachen haben eine Gefährtin, ging es ihm mit einem Mal durch den Kopf. Daran glaubte er sich zumindest mit einem Mal dunkel zu erinnern. Ein Drachenmädchen, es klang wie ein Gedanke aus einer fernen, unerreichbaren Welt. In seinem Kopf erklang ein helles Lachen, leichte Schritte, die über den Boden tippelten. Ein Geruch kam ihm in die Nüstern, weich, warm und unglaublich vertraut. Ärgerlich schüttelte er den Kopf. Wenn das nur endlich aufhören könnte!

Diese unerklärlichen Bilder, die Geräusche, der Geruch ... »Das sind Erinnerungen. Du musst unbedingt mal deine Höhle aufräumen«, hörte er die zarte Stimme der Kleinen in seinem Kopf. Sie war wirklich beharrlich. Und so unglaublich lästig in ihrer sanften, bestimmten Art. Er hat Wichtigeres zu tun, als aufzuräumen. »Es braucht nur Mut und ein wenig Anstrengung.« Verächtlich schnaubte der alte Drache. Als ob er sich in seinem langen Leben nicht schon genug angestrengt hätte. Jegliche Mühe war vergeblich gewesen, er war nun trotzdem seit so langer Zeit alleine und verlassen. Aber er kam nicht zur Ruhe.

Getrieben rappelte er sich auf – wie schon erwähnt, Drachen sind mutig und lassen sich auch von einer beginnenden Drachengrippe nicht in ihre Schranken weisen. »Dann werde ich jetzt eben aufräumen«, fauchte er.

Langsam lief er den Gang entlang, den er gestern schon genommen hatte. »Ich könnte mir noch mal ein Bad gönnen, bevor ich mit der Arbeit beginne«, dachte er bei sich und steuerte auf seine Badehöhle zu. Dort angekommen merkte er, dass er keine Muße hatte, sich in den See zu legen. Etwas sagte ihm, dass er weitergehen musste. Jetzt war nicht die Zeit für Wellness. Also lief er immer tiefer und tiefer in seine Behausung hinein. Je weiter er in die Gänge vordrang, umso aufgeregter wurde er. Das hatte er schon lange nicht mehr gespürt. Irgendetwas geschah mit ihm, er veränderte sich, aber er wusste nicht, was es war. Ein leichtes Zittern durchlief seinen massigen Körper. Kurz musste er sich an die Felswand lehnen, ihm war schwindlig. Er konzentrierte sich auf seine Umgebung. »Hier war ich doch gestern schon mal«, murmelte er, bückte sich mit höchster Anstrengung und hob die Rubinkette auf. »Was für wunderschöne funkelnde Steine. Dich werde ich in meine Schatzhöhle tragen. Dort gehörst du hin.« Ihm fiel ein, dass er hier irgendwo eine kaputte Truhe gefunden hatte. Die könnte er benutzen, um alles aufzusammeln und an seinen Platz zu bringen. Von dieser Idee beseelt, lief er suchend weiter. Seine feine Nase half ihm dabei. Dem Geruch von altem, modrigem Holz folgend, fand er die Kiste schließlich. Eine schwere hölzerne Truhe, vormals eine schöne Tischlerarbeit mit verschlungenen Intarsien und breiten Eisenbeschlägen.

Er legte die Kette hinein und nahm die Lade hoch. Weiter ging er durch die Gänge, es fühlte sich fast wie ein Abenteuer an. Das Erkunden seiner eigenen Felswände. Es wurde immer seltsamer. »Vielleicht hat die Drachengrippe in diesem Jahr ganz neue Symptome«, überlegte er. Da vorne lag die alte Axt, die er gestern entdeckt hatte. Nahezu vollständig versteckt unter einem kleinen Felsvorsprung, eigentlich kaum zu sehen. Er musste mit seiner großen Tatze ziemlich angeln, um sie da rauszuziehen. »Aua, verdammt noch mal!« Er brüllte laut auf, der Schrei hallte durch die Felsengänge, wieder wurde ihm schwarz vor Augen und er schnaubte angstvoll. Als er wieder klar denken konnte, sah er auf seine rechte Tatze und erschrak fürchterlich. Da, wo das Fell war, tropfte es blutig auf den Boden. Sein Blut. Ihm wurde ganz schlecht. Eine unbeschreibliche Panik durchfuhr ihn. Er war verletzt. Nicht nur die Drachengrippe hatte ihn erwischt, sondern auch sein dicker Schutzpanzer war zerstört. Er war wehrlos. Ein wehrloser alter, einsamer Drache. Entschlossen schüttelte er seinen riesigen Schädel. Er durfte jetzt nicht aufgeben. Nicht schon wieder. Der Gedanke, dass er das schon viel zu oft in seinem Leben getan hatte, nistete sich beharrlich in seinem Kopf ein. »Nein, ich werde jetzt nicht klein beigeben. Ich werde meine Höhle aufräumen«, sagte er fast schon trotzig.

Er stemmte sich hoch und setzte seine Aktion fort. Er sammelte alles ein, was er fand, die Münzen, die Knochen, entdeckte noch einen alten goldenen Löffel und eine große silberne Schale. Alles räumte er sorgfältig in die Truhe. Gerade wollte er sich auf den Rückweg machen, da blieb sein Blick an dem kleinen Stoffband hängen, welches er gestern bereits gesehen hatte. Es war kaum zu entdecken unter dem ganzen Gestein und Schutt. »Bei meinen Schuppen, du bist wirklich schmutzig und gehörst in den Müll.« Es wanderte zu den anderen Dingen in der Kiste und er machte sich auf den Rückweg. Als er an seinem Badesee vorbeikam, blieb er stehen. Aus einem unerklärlichen Grund stellte er die schwere Lade ab und nahm den Stoff heraus. Es schien eine Art Haarband zu sein. »Es kann sicherlich nicht schaden, wenn ich dich wasche. Aber wahrscheinlich bleibst du dennoch grau und schmutzig«, dachte er. Gesagt, getan. Er tauchte den Stoff ins Wasser und rieb ein wenig ungeschickt darauf herum. Drachen tragen keine Kleider, warum sollten sie also Erfahrung mit Wäschewaschen haben. »Ich habe keine Ahnung, was ich hier eigentlich tue. Und bringen wird es ja ohnehin nichts.« Er nahm das Teil wieder aus dem Wasser und wollte es gerade zurück in die Truhe werfen, als er plötzlich innehielt. Das Band war gar nicht mehr grau. Es war blau, ein richtig klares, wunderschönes Himmelblau. Und ein merkwürdiger Geruch haftete an ihm. Warum hatte er das vorher nicht bemerkt? Schließlich war er sehr stolz auf seinen gut ausgeprägten Geruchssinn. Er hielt den Stoff ganz nah an seine Nüstern und schnupperte. Und da war es schon wieder. Wohlbehagen. Wie lange er da stand und den Geruch einatmete, konnte er nicht sagen. Jedes Zeitgefühl war weg. Nur eine vage Erinnerung, die langsam durch den Schleier des Vergessens durchsickerte. Wärme, Geborgenheit, ein weiches Fell, ein helles, ehrliches Lachen. Als er wieder in seiner Schlafhöhle angekommen war, wusste er weder, wie er dorthin gelangt war, noch fiel ihm auf, dass er die Lade stehen gelassen hatte. Nur das kleine Bändchen hielt er fest in seiner riesigen Tatze und ließ es auch nicht los, als er schon lange tief und fest eingeschlafen war.

Kapitel 4

Da passierte es schon wieder. Der alte Drache wurde von gleißendem Sonnenlicht geweckt. Das konnte doch wohl nicht wahr sein. Das schwere Tor zu seiner Drachenhöhle stand erneut einen Spalt weit offen, Staubteilchen tanzten in den Sonnenstrahlen und das laute, fröhliche Morgenkonzert der Vögel drang bis in seine Höhle.

Er knurrte unwirsch.

All die Jahre war es angenehm gleich gewesen. Tagaus, tagein, immer das Gleiche. Erst ein wenig schlafen, dann eine fleischhaltige Nahrung und darauf erst einmal kurz oder auch eher lang dösen, ein Vergessen bringendes Nickerchen. Ja gut, hin und wieder kam es ihm auch ein wenig eintönig vor und er sehnte sich nach Abwechslung.

Aber dieser Anflug ging immer schnell vorüber. Das war alles viel zu anstrengend. Außerdem, was gab es da draußen schon. Keiner mochte ihn, es gab Drachenjäger und unzählige andere Feinde. Das war schon richtig hier in seiner Höhle, einsam, abgeschieden und vor allem sicher.

Und nun das.

Seit zwei Tagen kam Unordnung in seine geordnete Welt.

Bilder entstanden in seinem Kopf, seltsam bunt und farbenfroh. Grau ist doch nun wirklich Farbe genug. Schließlich war auch er grau, ein herrliches, furchterregendes Granitgrau. Sinnierend blickte er auf seine Schuppen. Nun denn, das war eher ein stumpfes Staubgrau mit einem Einschlag von Schlammgrau. Er erinnerte sich an Geschichten, die er gehört hatte, vor langer Zeit. Drachen haben eigentlich kräftige Farben, wie Rubinrot, Saphirblau, Smaragdgrün oder Topazgold. Wenn sie fliegen, schillern ihre Panzer in der Sonne und mancher Mensch wird von der Kraft der Farben derart geblendet, dass er sein Augenlicht verliert.

Dinge gewannen an Bedeutung, die für ihn schon lange keine Relevanz mehr hatten. Er hatte gebadet und seine Höhle aufgeräumt. Alles wegen so einer kleinen Göre. Sie ging ihm nicht mehr aus dem Kopf. Wie klein sie war, so zierlich, so zerbrechlich. Sie brauchte bestimmt einen Beschützer, einen großen, starken Beschützer. Ihre langen blonden Haare, ihr lustiges, glockenhelles Lachen. Er fühlte sich seltsam entspannt und beinahe glücklich, wenn er an sie dachte. Sie schien ihm gutzutun. Seine Gedanken wanderten wieder zu einer Gefährtin, einem Drachenmädchen. Aber vielleicht musste es kein Drache sein. Vielleicht kam auch ein kleines Mädchen in Frage. Und so klein war sie auch wieder nicht. Wenn sie sich auf die Zehenspitzen stellte, reichte sie ihm bis zum Bauch. Na gut, wenn er auf dem Boden saß. Aber immerhin. Außerdem war sie furchtlos und sehr empathisch, sie konnte sogar seine Gedanken lesen. Einen kleinen Moment hielt er inne. Ob das immer so gut war? Was, wenn er gerade an einen saftigen Hirsch dachte, den er vertilgen wollte oder – hmmm – noch viel besser – an eine zarte Jungfrau? Nun, das war denn eher kein brillanter Einfall.

Der alte Drache seufzte auf, Sehnsucht umfing ihn. Er war schon so lange alleine, vielleicht war es an der Zeit, etwas daran zu ändern. »Es ist Bestimmung«, sagte der Drache zu sich und erhob sich von seinem Lager. Irritiert blickte er auf den Gegenstand, der ihm gerade aus der Tatze gefallen war. Das kleine Band. Anscheinend hatte er es gestern Abend mitgenommen. »Egal«, knurrte er, »das ist nur Müll«, und kickte es mit seinem wuchtigen Schwanz in die Ecke.

Das Bild der Kleinen vor Augen trabte er zur Tür. »Ich werde sie wiedersehen, vielleicht sage ich ihr einfach, dass ich sie lieb habe.« Er hielt kurz inne. Hatte er das? Er war sich nicht sicher, aber es passte einfach gut. Denn wenn er sie nicht lieb hätte, was für einen Sinn machte das dann alles? So lange schon hatte er nichts mehr gefühlt außer Trauer und Einsamkeit und Verbitterung. Das hier und jetzt waren gute Gefühle und ganz sicher war das kleine Mädchen die Ursache. Er musste es finden, ganz schnell und sich ihr offenbaren.

Er stemmte mit der Pranke das Tor auf und wollte gerade herausgehen, da kam aus seinen Nüstern ein Keuchen. Ein merkwürdiges Kribbeln durchfuhr seinen Körper und er starrte völlig fassungslos auf seine linke Tatze. Da, wo gestern noch harte Drachenschuppen seine Haut bedeckten, zeigte sich nun ebenfalls struppiges braunes Fell. Genau wie an seiner anderen Pfote. Das konnte nicht sein. Er hatte Angst. Unbeschreibliche, seinen Brustkorb umklammernde Angst. Er konnte kaum Atmen. »Was geschieht mit mir?«, röchelte der alte Drache und griff sich an seine Brust.

Er schaute seine Tatzen an. Dunkelbraunes struppiges Haar, an der rechten Pranke eine kleine blutverkrustete Wunde. Sah so ein fürchterlicher Drache aus? Er holte tief Luft. Jetzt bloß nicht schwach werden. »Ich muss stark bleiben. Die Kleine wird mir helfen. Sie wird mir guttun, mich heilen«, sagte er zu sich. »Ich werde jetzt losgehen und sie suchen.«

Der alte Drache lief durch den Wald, seinen Schwanz hatte er leicht angehoben, fast fühlte er sich ein wenig euphorisch. Er war auf dem Weg zu einer Verabredung. Konnte man das so nennen? Einen kurzen Moment dachte er, dass er auf einem falschen Pfad war, aber das wollte er jetzt nicht hören. Endlich gab es auch für ihn einmal ein wenig Glück.

An der Waldlichtung angekommen, drehte er suchend den Kopf und schnupperte. Sie war nicht da. Fast war er ein wenig ärgerlich. Er hatte sich auf den weiten Weg zu ihr gemacht und sie wartete nicht bereits sehnsüchtig auf ihn. »Vielleicht habe ich sie verschreckt?«, murmelte er und stand ein wenig unschlüssig am Ufer des Flusses. Kleine Wellen kräuselten die Oberfläche, er sah einige Fische, die durch das Wasser stoben und Libellen, die über das Wasser jagten. Es war sehr still auf der Lichtung, nur das Singen der Vögel war zu hören.

»Es wird aber auch Zeit, dass du kommst. Glaubst du, ich habe den ganzen Tag Zeit, auf dich zu warten? Du hast in den letzten Jahren mehr als genug geschlafen.« Er fuhr herum und wollte sich gerade hoch aufrichten, um besonders imposant zu wirken, als er auf dem moosigen Untergrund das Gleichgewicht verlor und rückwärts in den Fluss stürzte. Die Wellen schlugen über seinem massigen Körper zusammen, er ruderte hilflos mit den Tatzen und peitschte mit dem Schwanz. Dann wurde ihm schwarz vor Augen.

Als er wieder zu sich kam, lag er klatschnass und platt wie ein totgeschossener Hase auf der Waldlichtung, das kleine Mädchen saß neben ihm und sah ihn belustigt an. »Was bist du doch für ein riesiger Tollpatsch. Du hättest ertrinken können, wenn ich dich nicht gerettet hätte«, zwitscherte sie.

Ihr Lachen klang über die Lichtung. Heute trug sie ein weißes Kleid mit kleinen goldenen Sprenkeln, ihre langen Haare wehten leicht im Wind. Sie betrachtete den Drachen amüsiert. Nein, Angst hatte sie definitiv nicht. War er vielleicht gar nicht so furchteinflößend, wie er immer geglaubt hatte? Oder ahnte sie gar nicht, in welch großer Gefahr sie schwebte? Ein Hieb mit seiner Pranke und es war aus und vorbei mit klein und Mädchen. »Jetzt mach dich mal nicht lächerlich. Hör auf mit deinem Chauvi-Gehabe von wegen großer und gefährlicher Drache. Wo hat dich dein übertriebenes männliches Ego denn hingebracht? Du bist alleine in deiner Höhle, misstrauisch gegenüber allem und jedem. Du musst vertrauen lernen und du brauchst eine gehörige Portion positives Denken«, sagte sie sehr energisch. »Aber schau mich doch an«, jammerte der alte Drache. »Ich verliere jetzt sogar schon meine Schuppen.« Das kleine

Mädchen sah ihn nachdenklich an. »Du bist wirklich ein sturer Dickschädel. Das habe ich schon geahnt. Aber mit Weglaufen und Abschotten löst du deine Probleme nicht. Sie werden nur noch größer und größer und mauern dich regelrecht ein. Du brauchst Mut. Nur wer Vertrauen in sich selbst und seine eigenen Stärken hat und auch seine Schwächen akzeptiert, kann das Vertrauen und die Liebe von anderen gewinnen.«

Der Drache atmete tief ein, schwer lastete der Kummer auf seiner massigen Brust. Dann nahm er all seinen Mut zusammen. »Ich habe dich lieb. Möchtest du meine Gefährtin sein?«, kam es ziemlich rau aus seiner Kehle. Eigentlich sollte es zärtlich und weich liebkosend klingen. Überhaupt hatte er sich diese Szene in seinen Träumen völlig anders vorgestellt. Ein großer Drache, der endlich seine Unbeschwertheit wiedergefunden hatte und aufrecht in voller Größe vor seiner Auserwählten stand. Stattdessen saß er patschnass auf dem Waldboden, Entengrütze hing an seinem neuen merkwürdigen Fell an den Pranken und einige Büschel von Seegras hatten sich um seinen Schwanz gewickelt. Imposant sah irgendwie anders aus.

Das kleine Mädchen sah ihn mitfühlend an. »Ich habe dich auch lieb. Die Begegnungen mit dir sind wirklich unterhaltsam. Aber ich kann keine Begleiterin für dich sein. Meine Bestimmung ist eine ganz andere. Sehr bald schon wird die Zeit kommen, da wirst du alles verstehen.«

Er war wie traumatisiert. Schmerz durchströmte seine Brust, er hatte das Gefühl, sein Herz würde aufhören zu schlagen. Er konnte nicht mehr atmen. Seine Kehle war wie zugeschnürt. Welche Peinlichkeit! Lächerlich hatte er sich gemacht. Er wollte nur weg, in seine Höhle, sich verstecken, nie mehr rauskommen und einfach verenden. Tränen schossen ihm in die Augen, er sah seine Umgebung nur noch verschwommen. Aber das war ohne jede Bedeutung.

Er stürmte durch den Wald, sah nicht nach links und rechts, Äste peitschen ihm ins Gesicht, er riss einen Baum um, der im Weg stand, alles egal. Vögel flatterten erschrocken auf, ein Rudel Hirsche suchte angstvoll das Weite.

Die uralte Drachenfalle, die seit Jahren dort an einer Biegung des Weges vor der großen Schlucht aufgebaut war, sah er nicht.

Kapitel 5

Dunkelheit umfing ihn, er konnte sich nicht bewegen, sein ganzer Körper schmerzte. Er fühlte sich klein und hilflos, bestimmt lag er im Sterben.

Wo war er und was war passiert? Und warum war es so unfassbar dunkel? Ganz entfernt glaubte er das Tosen eines Wasserfalls zu hören, aber ansonsten drang kein Laut zu ihm. Er schnupperte und versuchte verzweifelt zu ergründen, wo er war und was geschehen war. Er verspürte einen heftigen Schmerz in seinem Rücken. Sehr langsam kam die Erinnerung zurück, erst nur Bruchstücke, Bilder von der Lichtung im Wald, dem kleinen Mädchen. Doch allmählich war alles wieder da. Seine vermeintliche Liebe zu der Kleinen, sein Antrag, ihre Ablehnung. Er hatte sich absolut lächerlich gemacht. An den Weg, den er durch die Bäume gelaufen war, erinnerte er sich nur in Teilen. In seiner Panik hatte er wohl die Orientierung verloren und war in einen ihm völlig unbekannten Teil des Waldes geraten. Das war schon eine besondere Kunst, ein Drache, der sich verläuft, so etwas gibt es eigentlich gar nicht.

Baumstämme tauchten vor seinem inneren Auge auf, er wollte darüberklettern. »Ich Trottel bin in eine Drachenfalle gelaufen!«, schnaubte er entsetzt auf. Er erinnerte sich an das Splittern von Ästen, seinen tiefen Fall und die harte Landung, die Pein, als er mit seinem Schädel ungebremst auf dem Boden der Grube aufschlug. Der Untergrund, auf dem er lag, war felsig mit vielen tiefen Rissen und Furchen. Es roch modrig. Irgendwie hatte sich sein Schwanz in einer der Spalten eingeklemmt, daher konnte er sich nicht bewegen. Jedes Mal, wenn er vorsichtig versuchte sich zu befreien, fuhr ihm dieser unerträgliche Schmerz durch den Körper. Und dann noch diese Dunkelheit, er sah rein gar nichts. Das war vielleicht das Schlimmste an dem Ganzen, es war merkwürdig und erzeugte eine tiefe Beklommenheit in ihm, denn Drachen sehen im Dunkeln eigentlich ausgezeichnet.

»Ich kann nicht mehr und ich will auch nicht mehr. Alle Anstrengung war umsonst, meine Hoffnung auf ein wenig Glück ist zerbrochen«, jammerte der alte Drache. »Es ist zu Ende! Hoffentlich sterbe ich schnell.« Er wollte nicht mehr leiden, sich nicht mehr einsam fühlen. Alles hinter sich lassen und aufgeben. Wer würde ihn schon vermissen? Keiner. Selbst die Kleine hatte sich auch nur einen Spaß mit ihm erlaubt. Seine Liebe, die er glaubte ihr gegenüber zu empfinden, war nichts als ein ihn verhöhnendes Trugbild. Er war alleine. Wieder einmal.

Er lag auf einem weichen, nach Moos duftenden Waldboden, helles strahlendes Sonnenlicht schien durch die Bäume, Vögel zwitscherten munter im Hintergrund und ein kleiner gelber Schmetterling landete auf einer Mohnblüte neben seiner Schnauze.

»Du darfst jetzt auf keinen Fall aufgeben. Das ist keine Option so kurz vor dem Ziel.«

Das kleine Mädchen stand vor ihm, ein lavendelfarbenes Kleid aus zarter Spitze umspielte ihren schmalen Körper, ein paar violette Blüten waren in die blonden Haare geflochten. Sie umfasste mit beiden Händen seine riesige Schnauze, warm fühlten sie sich an, weich und doch kräftig.

»Es ist der Moment gekommen, an dem du eine Entscheidung treffen musst. Wenn du glaubst, es gibt keine weitere Reise für dich und du möchtest hier und jetzt sterben, dann bleib liegen, versinke im Selbstmitleid und gib erneut auf. Dieses Mal dann endgültig. Denn bald werden die Drachenjäger kommen und sich ihre Beute holen.

Willst du aber den Kampf aufnehmen, weil du in deinem Herzen immer noch Hoffnung fühlst und möge sie dir noch so klein und winzig erscheinen, dann steh auf und kämpfe! Kämpfe für dich, kämpfe für deine Seele und für deine Zukunft! Diese Entscheidung kann dir niemand abnehmen, es ist dein Schicksal. Wähle sorg-

fältig und entscheide mit deinem Herzen! Ich vertraue darauf, dass du dieses Mal den richtigen Pfad betreten wirst.«

Die Kleine küsste ihn sanft auf die Stirn. »Glaube an deine Stärke und lass endlich den Schutzwall fallen!« Sie sah ihn an, ein leichtes Lächeln huschte über ihre Züge »Ach ja, es ist so unfassbar dunkel, weil du deine Augen zukneifst. Du solltest sie öffnen, um das Schöne auf dieser Welt zu entdecken.«

Hatte er das geträumt? Es war immer noch dunkel und er konnte sich nach wie vor nicht bewegen.

Sollte er wirklich aufgeben? Wieder sah er diese farbenfrohen Bilder, hörte Stimmen und Geräusche wie aus einer anderen Zeit. Weiche bunte Kissen, flauschiges weißes Fell, Maulwurfshügel auf einer Wiese und grüne Augen, die ihn zärtlich und ein wenig neckend anblickten.

Der alte Drache riss seine Augen auf, die Dunkelheit war tatsächlich weg, es war heller Tag. Zumindest weit über ihm. Er lag, soweit er das erkennen konnte, in einer Grube tief unter der Erdoberfläche. Drachenfallen wurden seit jeher so gebaut. Im Grunde war es stets ein tiefes Loch im Boden, viel zu eng, um die Flügel auszuspannen, und gut verborgen unter Baumstämmen, Ästen und Laub. »Drachen können zwar nicht schwimmen, dafür aber prima klettern«, hörte er die Stimme des kleinen Mädchens in seinem Kopf. »Streng dich an!« Da ging ein Ruck durch seinen massigen Körper, die Bilder in seinem Kopf überrollten ihn mit aller Macht. Vielleicht gab es doch etwas in seinem Leben, für das sich die Anstrengung lohnte, möglicherweise hatte er nur auch das vergessen.

Zum ersten Mal, seit er sich erinnern konnte, wollte er kämpfen, er würde es versuchen, obwohl er keine Ahnung hatte, ob es ihm gelingen würde, aus der Falle zu entkommen.

Und der alte Drache strengte sich an. Mit aller Macht zog er seinen Schweif aus der ihn umklammernden Spalte, der Schmerz war so heftig, dass es ihm Tränen in die Augen trieb. Aber er schaffte es, sein Schwanz war befreit, er konnte sich wieder bewegen.

Mühsam richtete er sich auf, sein Körper war riesig, selbst für einen Drachen. Die Grube war so schmal, dass er an allen Seiten anstieß, an ein Auffalten seiner Flügel war beim besten Willen nicht zu denken. Der Zweck der Falle war perfekt erreicht. »Ich muss da irgendwie hochkommen und ich muss schnell sein.« Er wusste aus Erfahrung, dass der in den Fallen eingebaute Mechanismus über kurz oder lang die Drachenjäger auf den Plan rufen würde. Lindwürmer sind eine begehrte Beute, alles lässt sich zu Dukaten machen. Die Schuppen, die Krallen, das Leder der Haut, ja sogar die Organe. Drachenlebern wurden magische Schutzwirkungen nachgesagt und ein Drachenherz, hieß es, heilt jede Krankheit. Aber Drachen sind selten, das macht die Beute umso wertvoller. Nein, es würde nicht lange dauern, bis die Häscher die Falle erreichten.

»Vielleicht hilft mir die Enge des Kraters sogar«, keuchte er und schob sich vorsichtig nach oben. Seine Krallen fanden ein wenig Halt an der rissigen Wand und mit seinem Hinterteil konnte er sich notdürftig abstützen. So kämpfte er sich Spalte für Spalte und Vorsprung für Vorsprung aus dem Abgrund nach oben, dem rettenden Licht entgegen. Die Anstrengung trieb ihm Schweißperlen auf seine zerfurchte Stirn. Immer wieder rutschte er ab und fiel tiefer. »Ich werde das schaffen. Und wenn es das Letzte ist, was ich erreiche. Ich werde nicht in diesem Erdloch verenden«, keuchte er.

An den Tatzen, da, wo keine Schuppen mehr Schutz vor dem spitzen Gestein gaben, schürfte seine Haut auf. Er blutete, doch es war ihm egal. »Nicht schon wieder aufgeben! Dieses Mal nicht!« Mit letzter Kraft erreichte er den Rand der Grube und schob sich heraus. Schwer atmend sank er neben dem Erdloch auf den Boden, er zitterte am ganzen Körper, dunkles Blut tropfte von Pfoten und Schweif.

Da hörte er Stimmen, spürte die Vibration von näher kommenden Schritten auf dem Boden und das leise Klirren schwerer Waffen. Die Drachentöter kamen, er musste weg, und zwar schnell.

»Drachen können übrigens auch fliegen«, hörte er die Stimme des kleinen Mädchens in seinem Kopf. Fliegen, ach, das war so lange her. Mit einem Mal sah er sich, wie er hoch über die schneebedeckten Berggipfel flog, um dann im Sturzflug einen saftigen Hirsch oder, noch viel besser, eine knackige Jungfrau zu erbeuten. Die plötzlich auf ihn einprasselnden Erinnerungen ließen ihn fast ohnmächtig werden. Pardon, das ging ja gar nicht. Drachen verlieren nicht das Bewusstsein.

Feuer durchströmte seine Adern. Er blähte die Nüstern und holte tief Luft.

Seine mächtigen grauen Schwingen öffneten sich wie von selbst, kraftvoll stieß er sich vom Boden ab und schwang sich mit einem lautstarken Brüllen in die Lüfte. In seinem Schädel explodierten tausend bunte Farben, in seiner Brust fühlte er ein leichtes Glühen. Und dann traf ihn die Erinnerung wie ein Donnerschlag im Nacken:

»Orso, mein Name ist Orso!«

Kapitel 6

Das Brüllen des Drachen war wild und ungezügelt, es schallte weit über die Berge bis in das entfernteste Tal.

Hirsche und Rehe stoben in voller Panik durch die Wälder, Vögel schreckten auf, Feldhasen versteckten sich angstvoll im Bau und die Menschen auf den Feldern und in ihren Häusern erstarrten vor Entsetzen.

Es war also doch kein Gerücht, keine Legende. Oben im Gebirge hauste tatsächlich ein Drache. Und dem Getöse nach zu urteilen, war er erwacht.

Orso flog befreit von der Enge seines selbstgewählten Exils und zum ersten Mal seit sehr langer Zeit ohne die tiefe, alles Leben in ihm abtötende Traurigkeit der letzten Jahre über die Welt. Wie bunt doch alles war. Er sah die Farben wieder. Grasgrüne saftige Wiesen, schneebedeckte strahlend weiße Berggipfel, blaugrüne plätschernde Gewässer, das weiche Braun der Hirsche. »So ein saftiger Bissen wäre jetzt ein wirklich guter Plan. Wie lange habe ich schon nicht mehr gejagt«, überlegte Orso. Seit endloser Zeit nicht mehr gespürte Energie durchfloss seinen Körper. Voller Vorfreude auf ein leckeres Abendessen spähte er über die unter ihm liegende Landschaft. Nach einer kurzen Weile des Dahingleitens hatte er ein Rudel Rotwild entdeckt, das auf einer Lichtung graste.

Er legte die mächtigen Schwingen an und peilte im Sturzflug einen besonders appetitlich aussehenden Hirsch an.

Ein unglaublicher, alles verschlingender, heftiger Schmerz fuhr durch seine linke Flanke. Er bekam keine Luft mehr. Verzweifelt versuchte er seine riesigen Schwingen auseinanderzufalten, um wieder an Höhe zu gewinnen und fliehen zu können, vor dem, was oder wer auch immer ihn verletzt hatte. Vergeblich. Der alte Drache fiel wie ein schwerer Stein vom Himmel und schlug unsanft auf einer Felshalde weit oben in den Bergen auf.

Benommen hob er den Kopf, er musste ein paarmal blinzeln, um überhaupt etwas zu erkennen, denn Blut lief von seiner massigen Stirn in seine Augen. Er wischte sich mit der Tatze über die Lider und konnte allmählich durch einen blutigen Schleier seine Umgebung sehen. Das machte es aber leider auch nicht wirklich besser. Es hatte ihn übel erwischt. Er sah an sich herunter. Nein, das war keine Freude. Einige seiner Schuppen waren abgerissen, sein mächtiger Panzer hatte jetzt noch mehr Schwachstellen.

Die rechte Vorderpfote schien gebrochen zu sein, zumindest stand seine Tatze in einem sehr unnatürlichen Winkel vom Körper ab.

Aber das Schlimmste war der schwere Armbrustbolzen, der sich tief in seine linke Flanke gebohrt hatte. Ein Drachenjägergeschütz. Nur die Zwerge vermögen einen Stahl herzustellen, der stark genug ist, die harte Schuppenschicht zu durchdringen. Und die Bewohner unter den Bergen sind fast ebenso gierig nach Gold und Reichtümern wie Drachen. Deswegen treiben sie Handel mit den Jägern und verkaufen für einen hohen Preis die todbringenden Waffen an die Menschen.

Also hatten sie ihn entdeckt, als er so voller Freude und unbedacht durch die Lüfte geflogen war. »Na klar, sie haben nahe der Falle gesucht und dich Riesentrottel dann natürlich gesehen, als du völlig unbedarft wie ein Jungdrache durch die Lüfte gejagt bist«, stöhnte Orso auf und verdrehte gequält die Augen.

»Völlig klar, dass das mal wieder mir passiert. Egal, was ich mache, es geht schief. Ich wollte nur ein bisschen Freiheit und ungezwungenes Herumtollen in den Weiten der Wolken. Einmal losgelöst sein von allem Kummer«, seufzte der Drache.

Er versuchte, sich aufzusetzen, sein ganzer Körper schmerzte und aus der Wunde an seiner Seite quoll dunkelrotes Blut.

Sollte er einfach liegen bleiben und warten, bis die Jäger kamen, um ihn zu töten? Ein verlockender Gedanke, so einfach, keine Anstrengung. »Das bisschen Sterben. Wird schon nicht so schlimm sein«, dachte der Drache. »Denk an deine Erinnerungen«, hörte er die Stimme der Kleinen in seinem Kopf. »Du ahnst es doch schon längst. Es gibt da etwas in deiner Vergangenheit, für das es sich lohnt zu kämpfen.«

Wieder tauchten diese mysteriösen Bilder vor seinen Augen auf. Ein Meer, kleine Gondeln tanzten darin, Brücken, Häuser im Wasser, warme weiche Haut. Und plötzlich durchströmte Kraft seinen Körper, er schaffte es schließlich irgendwie, auf seine Tatzen zu kommen, und schleppte sich mühsam einige Schritte voran. Aber es war so verdammt mühselig und schmerzhaft.

»Das kann ich nicht. Ich schaffe das nicht. Dafür bin ich zu schwach«, stöhnte der Drache auf. Irgendwie tat ihm sein Selbstmitleid gut. Es beruhigte ihn, es rückte seine Welt wieder ins Gleichgewicht. Nur nicht zu viel nachdenken.

»Und schon gar keine Selbstkritik, ich weiß, dein uraltes Problem«, philosophierte doch tatsächlich die kleine Göre in seinem Kopf. »Du kannst nicht länger weglaufen. Was glaubst du eigentlich, wer du bist?

Ich mache mir die ganze Mühe mit dir, gebe dir Hinweis über Hinweis und du glaubst, du kannst das alles ignorieren, weil es nicht in dein Weltbild passt. In deinem tiefsten Inneren weißt du doch schon lange, was du machen musst, also geh weiter und kämpfe!« Die Nachdrücklichkeit, mit der sie das sagte, rüttelte ihn wach. Was, wenn sie Recht hatte, ahnte er doch auch, dass es etwas sehr Wertvolles in seiner Vergangenheit gab, das sich wiederholen sollte.

Wie er den Weg zu seiner Höhle geschafft hatte, konnte er im Nachhinein nicht mehr sagen.

Aber irgendwann hatte er sie tatsächlich erreicht, er war da, er war in Sicherheit. Da vorne sah er den Eingang.

»Jetzt nur noch bis zum Lager und dann einfach nur schlafen. Morgen sieht alles ganz anders aus«, brummelte er zu sich. Wie er den Armbrustbolzen entfernen und seine Verletzungen heilen sollte, wusste er nicht. Doch es war ihm auch egal. Hauptsache, er konnte schlafen.

Aber als er das Tor erreicht hat, blutend und völlig entkräftet, sah er das ganze Ausmaß des Schreckens.

Die Tür war sperrangelweit geöffnet. Er verschloss sie immer, jedes Mal, wenn er seine Behausung verließ, schließlich lagen darin seine unzähligen Schätze, auf die er sehr stolz war.

Unsicher schleppte er sich näher. Durch den Blutverlust schon ziemlich entkräftet, wurde ihm schmerzlich bewusst, dass sein Schutz, seine Zuflucht nicht mehr sicher war. Er kroch in seine Höhle und sah sich um. Alles war durcheinandergeworfen, sein Lager zerstört. Sein sicher geglaubter Rückzugsort war keiner mehr. Er war offen, verwundbar, ohne Schutzwall.

Also doch das Ende. Er hatte es schon immer gewusst. Für ihn gab es keine Hoffnung mehr.

Stöhnend sank er auf einer der Decken nieder, die einst zu seinem weichen Lager gehört hatten.

Er legte die Schnauze auf den Boden und schnaubte durch seine Nüstern.

Da glaubte er, ein Glitzern am Eingang zu erkennen.

Wie schon erwähnt, Drachen werden, egal in welch misslicher Lage sie sich auch befinden, von glänzenden Dingen immer magisch angezogen.

Die Schmerzen ignorierend zog er sich hoch, schleppte sich zur Tür und nahm das Objekt hoch. Schon wieder so ein komisches goldenes Bruchstück. Wieder dieses magische Glimmen. Wenn nur diese Schmerzen nicht wären und das Blut, das weiter aus seiner Wunde floss. Langsam glaubte er, er halluzinierte wirklich. Er konnte keine klaren Gedanken mehr fassen.

»Glaube an dein Herz! Es zeigt dir den Weg«, hörte er die leise Stimme der Kleinen.

Das war ja wieder mal typisch. Sein Herz! Kalt und starr lag es in seiner Brust. Da war kein Leben mehr, kein Gefühl. Alles tot und versteinert. Obwohl, irgendetwas war anders, wie so oft in den vergangenen Tagen. Da waren Gefühle. Was für eine Freude hatte er empfunden beim Flug über die Berge. Und da waren die Bilder. Die Kleine meinte, es seien Erinnerungen. Dann wären es aber wirklich wunderschöne Erinnerungen. Und diese Farben. »Himmelblau«, hörte er ein zartes Stimmchen. Das war nicht das kleine Mädchen, aber er verband damit eine unglaubliche innige Vertrautheit, die er sich nicht erklären konnte.

Ein Ruck ging durch seinen Körper, das leichte Glühen in seiner Brust verstärkte sich und er wusste mit einem Mal, was er zu tun hatte.

Er nahm seine letzte, wirklich seine allerletzte Kraft zusammen.

Den Weg fand er wie selbstverständlich. Es war der Gang, den er in den letzten Tagen schon mehrfach gegangen war. Er sah wie in Trance die Zerstörung, welche die Drachenjäger angerichtet hatten. Sie hatten seine Höhle durchsucht und anscheinend auch seine Schätze gefunden. Aber erstaunlicherweise erschien ihm dies alles vollkommen belanglos. Es interessierte ihn nicht. Seit einer Unendlichkeit von Tagen, Monaten und Jahren hatte er wieder ein Ziel.

Der alte Drache konnte nicht beschreiben, wie lange er sich durch die Gänge geschleppt hatte, eine Blutspur hinter sich herziehend und am Ende seiner Kräfte.

Plötzlich ging es nicht mehr weiter. »Du Trottel bist in deiner eigenen Höhle in eine Sackgasse gelaufen. Wie dämlich bist du eigentlich?«, fauchte Orso und schnaubte genervt. Er war wirklich keine Idealfigur eines Drachen. Eher sehr weit davon entfernt.

Etwas klirrte leise. Er schaute irritiert und sah wieder dieses merkwürdige Glimmen.

Am Boden vor ihm lagen die drei Fragmente, welche er nacheinander in seiner Höhle gefunden hatte. Aber er hatte es doch schon versucht, die Teile zusammenzufügen. Es hatte nicht funktioniert. »Ich bin wirklich ein Dummkopf, dass ich noch nicht mal weiß, wie ich diese drei Stücke verwenden kann«, schimpfte der Drache über sich selber. »Ich bin so unvollkommen!«

»Du musst nicht perfekt sein, um lieb gehabt zu werden. Du musst nur an dich glauben und diesen Glauben auch an die weitergeben, die dich lieben.« Vor ihm stand das kleine Mädchen. Wie gewohnt war sie aus dem Nichts aufgetaucht. Sie trug ein himmelblaues Kleid und hatte eine silberne Spange in den Haaren.

»Die Jäger haben dir ganz schön zugesetzt, mein Lieber.« Sie strich leicht über seine Tatze, silberne Funken sprühten und der Schmerz war weg, er konnte seine Pfote wieder ganz normal bewegen. Stirnrunzelnd betrachtete sie die Verletzung an seiner linken Seite. Mit ihrer kleinen zarten Hand ergriff sie den schweren Bolzen und zog ihn aus seiner Flanke, als sei es ein Grashalm. Ihm wurde kurz schwindelig, ein Stechen zog sich durch seine linke Körperhälfte. »Das heilt wieder. Nur eine kleine Narbe wird dich immer an diesen Kampf erinnern.« Ihre Stimme klang weich und zärtlich. »Den Weg hierhin hast du ganz alleine gefunden. Nur weil du nicht aufgegeben hast. Dein Ziel ist jetzt ganz nah. Den restlichen Pfad findest du alleine. Ich habe meine Aufgabe erfüllt. Du brauchst mich nicht mehr«, sagte sie und sah ihn liebevoll an.

Orso blickte entsetzt auf. »Du kannst doch jetzt nicht einfach weggehen. Ich brauche dich. Ohne dich bin ich verloren und allein. Die Unterhaltungen mit dir sind schon eine gute Gewohnheit und fühlen sich doch so vertraut an.« Er schniefte aus tiefstem Herzen. »Und deinen Namen, du hast mir noch immer nicht deinen Namen gesagt«, flehte Orso.

»Mein Name ist Sindarin, das ist das elbische Wort für Hoffnung. Ich bin eine Lebensfee. Unsere Aufgabe ist es, Lebewesen in höchster Not zu helfen. Die Menschen nennen uns Schutzengel.

Obwohl wir mit einem Engel so wenig gemeinsam haben wie eine Axt mit einem Löffel. So mancher Schabernack kommt uns Feen in den Sinn. Von Trauer und Kummer werden wir magisch angezogen, wir spüren die Verzweiflung und Einsamkeit der Erdenwesen. Du warst so einsam und verlassen, hast deine Seele hinter meterdicken Mauern verborgen, warst so verbittert und sahst überall nur Feinde. Keine Freude erreichte dein Herz. Dabei gibt es etwas unglaublich Kostbares in deinem Leben. Eine Familie, die dich über alles liebt, die dir den Schutz gibt, den jedes Lebewesen braucht. Du musst es nur zulassen. Und glaube mir, dafür brauchst du keinen Drachenpanzer, nur Vertrauen in deine Stärken.« Sie sah ihn liebevoll an und küsste ihn auf seine Stirn. »Du wirst mich nicht wiedersehen. Meine Mission ist erfüllt.« Sie drehte sich um. »Ach ja, du solltest jetzt endlich das Rätsel der drei goldenen Teile lösen. Sonst wirst du in diesem Gang verhungern.«

Sie war weg, nur ein kleiner feiner Silberstaub verblieb in der Luft und fiel auf seine Schuppen. Es kitzelte merkwürdig und er stand staunend in diesem Gang. Eine Lebensfee. Es gab sie also wirklich. Davon gehört hatte er schon, vor sehr langer Zeit.

Feen, die sich um in die Irre gelaufene Lebewesen wie ihn kümmern. Da verstand er es auch. Nein, sie war keine Gefährtin, sie war ein Kompass.

»Aber wie geht es jetzt weiter?«, murmelte Orso. »Ich kann doch jetzt nicht in dieser Sackgasse stehen bleiben, zurückgehen und das war es dann?«

Er betrachtete die Höhlenwände vor ihm. Sie waren mit merkwürdigen geschwungenen Intarsien versehen, auch hier bemerkte er das gleiche intensive Glimmen, welches ihm schon bei den Fragmenten aufgefallen war.

Plötzlich hielt er die drei Bruchstücke in den Tatzen, erneut drehte und wendete er sie in alle Richtungen und erneut versuchte er, sie zusammenzusetzen. Ein leises Lachen erklang, er spürte eine sanfte Berührung auf seiner Wange, auf seinem Rücken. Und da war es schon wieder. Wohlbehagen. Aber dieses Mal war da noch sehr viel mehr. Vertrautheit. Geborgenheit. Wärme. Liebe. Unendliche tiefe wahre Liebe.

Und dann, mit einem Mal, sah er es. Ein kleines, fast unscheinbares Schloss, nahezu unsichtbar in der Felswand.

Na super, er hatte ein Schloss gefunden, aber wo war der Schlüssel.

»Himmeldonnerwetter«, fauchte er. »Kann ich denn wenigstens dann alles richtig machen, wenn es so unendlich wichtig ist?« Er legte die Teile vor sich auf den felsigen Boden, er schob sie hin und her und dachte nach. Nun denn, er ist ein männlicher Drache, da muss man ein wenig Verständnis und Geduld haben.

Und irgendwann, nach unzähligen vergeblichen Versuchen, hatte er es tatsächlich geschafft. In seiner Tatze lag ein kleiner goldener Schlüssel.

Ohne nachzudenken, nur von seinem Instinkt geleitet, steckte er ihn in das Schloss und drehte ihn um.

Explosionsartig sah er sich umgeben von unzähligen Farben, Funken sprühten aus dem Felsentor, Wärme umfing ihn.

Seine Brust wurde von einem warmen, starken Glühen erfüllt, wie gleißendes Feuer fühlte es sich an. »Mein Drachenherz«, stammelte Orso, »es ist wieder mit Hitze erfüllt.«

Etwas riss in seinem Inneren und brach auseinander. Tausend steinerne Splitter, die seine Seele so unendlich lange gefangen gehalten hatten, wurden in alle Richtungen weggesprengt.

Dann passierte das Unglaubliche.

Seine Schuppen lösten sich ab, eine nach der anderen. Braunes struppiges Fell kam darunter zum

Vorschein. Der Drache stand reglos da, konnte kaum atmen. Was geschah mit ihm? Er taumelte und stieß gegen die Tür im Fels. Er versuchte sich irgendwie festzuhalten und nicht das Gleichgewicht zu verlieren. Vergeblich. Im Fallen stieß er das Tor auf, das seit Jahrhunderten verschlossen gewesen war. Es erklang ein kreischender Ton, der durch die Gänge hallte. Felsen brachen zusammen, die Drachenhöhle stürzte ein. Der ganze Berg geriet ins Wanken und fiel in sich zusammen. Im Tal sahen die Menschen entsetzt auf die riesige dunkle Staubwolke, die über dem höchsten der Gipfel aufstieg.

Epilog

Der Bär saß vor seiner Höhle.

Es war ein wunderschöner warmer Tag im Frühling, die Vögel zwitscherten um die Wette, das erste zarte Grün nach einem langen und kalten Winter ließ eine erwartungsfrohe Vorfreude auf den nahenden Sommer aufkommen.

Der Bär saß vor seiner Höhle.
Sein Fell war dunkelbraun, weich und glänzend.
Auf seinem Schoß, ganz fest angekuschelt, saß die Maus.
Das himmelblaue Schleifchen an ihrem rosafarbenen Schwänzchen schimmerte seidig und ihre himmelblauen Schnurrbarthaare waren ordentlich gebürstet.

Der Bär saß vor seiner Höhle.
Ein tiefes, zufriedenes Wohlbehagen erfüllte ihn. Sein Herz schlug warm und rhythmisch in seiner Brust.
Er sah auf die beiden Jungen, die ganz in der Nähe herumtollten.

Seine Kinder. Ein Bärenjunge und ein Mäuse-mädchen.

Seine Familie.

Endlich war er wieder zu Hause.

Danksagung

Der Anlass, der mich zum Schreiben dieses Buches bewegte, war ein tiefer Einschnitt in meinem Leben, verbunden mit Vertrauensverlust und tiefer Trauer.

Doch je weiter ich die Geschichte entwickelt habe, umso besser konnte ich die vorausgegangenen Ereignisse verarbeiten und allmählich wieder nach vorne denken.

Mein ausdrücklicher Dank geht an meine wundervolle Tochter, die mir als Lektorin motivierend zur Seite stand.

Ihre strukturierte Denkweise und ihre Fähigkeit, passende Formulierungen zu finden, haben wesentlich zum Gelingen beigetragen.
   June von Siehl,
   im Dezember 2020